WEIL DU ES WERT BIST.

WEIL DU ES *Wert* BIST!

EIN BUCH VOLLER LIEBE. FÜR DICH.

SARAH LANGE

Inhalt.

Einleitung.
- Seite 7

Kapitel 1: Glück.
- Seite 11

Kapitel 2: Selbstliebe.
- Seite 35

Kapitel 3: Dankbarkeit.
- Seite 59

Kapitel 4: Achtsamkeit.
- Seite 79

Schlusswort.
- Seite 101

Einleitung.

Die Welt steckt voller kleiner und großer Hürden und manchmal wirst du vielleicht denken, als könntest du es nicht schaffen. Du wirst vielleicht große Angst bekommen oder an dir selbst zweifeln. Von Zeit zu Zeit geht es sicherlich jedem Menschen mal so. Ein Leben ohne Hindernisse und Probleme kann es nicht geben. Denn ohne ein Böse gäbe es auch kein Gut. Auch Dinge, die uns Angst machen oder die wir am liebsten nicht tun würden, gehören zum Leben dazu. Und hinter schlechten Erfahrungen kann sich manchmal auch etwas Gutes verstecken. Dieses Buch soll dich daran erinnern, dass das größte Glück und die tiefste Liebe nicht irgendwo in der weiten Welt zu finden sind, sondern längst in dir selbst liegen. Deswegen sei achtsam und spüre auch die kleinen Glücksmomente des Lebens. Sie sind gegenwärtig. Auch jetzt.

Dieses Buch unterteilt sich in vier Kapitel. Glück, Selbstliebe, Dankbarkeit und Achtsamkeit.
Zu jedem dieser Themenbereiche findest du eine wundervolle Sammlung von Herzensgedanken, Lebensweisheiten und Zitaten, die zum Nachdenken anregen und das Herz berühren. Jedes Kapitel endet mit einer Reihe von stärkenden Ich-Botschaften mit Mandalas. Du kannst diese ausmalen, am besten in vielen unterschiedlichen Farben. So können die Botschaften besser verinnerlicht werden.

Manchmal genügt eine kleine Inspiration, um auf neue Gedanken zu kommen und um die Prioritäten wieder richtig zu setzen. Gedankenanstöße für Zwischendurch schenken dir eine eine kurze Auszeit vom hektischen Alltag. Für einen Moment der Achtsamkeit und Ruhe einfach ein paar Seiten in diesem Buch lesen.

„Beginne jeden Morgen mit einem guten Gedanken!"
- Carl Hilty

Kapitel 1: Glück

Glücklichsein ist eine Entscheidung.

Je mehr du dich auf das konzentrierst,
was dich glücklich macht,
desto weniger vermisst du das, was nicht da ist.
Glücklichsein beginnt mit Dankbarkeit.

„Beginne jeden Morgen mit einem guten Gedanken!"
- Carl Hilty

Mach dir keinen Stress.

Bist du auch immer so nervös, wenn du ein Fest organisieren musst? Es soll so unbedingt alles klappen, dass man am Ende das Ereignis selbst gar nicht genießen kann. Glück kann man nicht planen, also lass los und mach dir keinen Stress. Das Zusammensein mit den Menschen, die man liebt, ist viel wichtiger, als dass alles perfekt läuft.

„Gegen Zielsetzungen ist nichts einzuwenden, sofern man sich dadurch nicht von interessanten Umwegen abhalten lässt."

- Mark Twain

Bleibe ganz bei dir.

Je mehr du bei dir bist, desto leichter kannst du dein Glück finden. Dann triffst du fast automatisch die Entscheidungen, die zu dir und deinem Leben passen und machst dir keine Gedanken darüber, was andere Leute davon halten.

„Das Glück besteht nicht darin, dass du tun kannst, was du willst, sondern darin, dass du auch immer willst, was du tust."

- Tolstoi

Fülle dein Leben mit allem aus, was dich glücklich macht.

Das Leben ist eine Summe kleiner Geschichten.
Jeder Tag ist eine neue Chance, um
ein paar mehr Geschichten hinzuzufügen.
Ich versuche, so viele wunderbare Geschichten
zu sammeln, wie ich nur kann.

„Die wichtigsten Dinge im Leben sind keine Dinge."

Das Schönste, was man einem Menschen schenken kann, ist Aufmerksamkeit.

Mein Herz lacht, wenn die Menschen, die ich liebe, glücklich sind.
Ich möchte, dass sich meine Liebsten gesehen und gehört fühlen.
Indem ich ihnen ungeteilte Aufmerksamkeit schenke und wahre Nähe herstelle, mache ich sie glücklich und auch mich selbst.

„Ein fröhliches Herz ist des Menschen Leben, und seine Freude verlängert sein Leben."
- Nach Jesus Sirach 30,22

Nimm nicht alles persönlich.

Nicht alles, was dich verletzt oder ärgert, hat wirklich mit dir zu tun. Wenn jemand nicht zurückruft, verletzende Worte spricht oder zu spät zu einer Verabredung kommt, muss das nicht an dir liegen. Vielleicht ist die Person gerade sehr gestresst oder hat anderweitige Probleme.

„Liebenswürdigkeit, Nachsicht und Rücksicht sind die Schlüssel zum Menschenherzen."

- Don Bosco

Versuche, den Menschen zu verzeihen, die dich verletzt haben.

Nicht unbedingt um ihretwillen, sondern um deinetwillen. Du wirst dich dadurch leichter fühlen. Auch, wenn du schlechte Erfahrungen in deinem Leben gemacht hast, gehören diese zu deinem Leben dazu, du bist an ihnen gewachsen und sie haben dich zu dem Menschen gemacht, der du heute bist.

„Glück entsteht, wenn du dich intensiv auf das Schöne und Gute konzentrierst."

Vergleiche dich nicht immer mit anderen.

Es kann Neid entstehen, wenn du denkst, jemand anders habe es viel besser als du. Es kann auch Arroganz entstehen, wenn du auf andere Menschen herabblickst, die es schlechter haben als du. Keines von beidem wird dich glücklich machen, sondern deine Gedanken und Beziehungen zu anderen Menschen belasten. Aus diesem Grund wird auch oft empfohlen, sich weniger in Sozialen Netzwerken zu bewegen. Viele Bilder, die zum Beispiel auf Facebook, Instagram und Co. hochgeladen werden, laden geradezu dazu ein, neidisch zu werden.
Sie zeigen oft nur die besten Seiten des Lebens.

„Neid ist die Angewohnheit, statt der eigenen Glücksgüter die der anderen zu zählen."
- Ernst von Feuchtersleben

Dein Glück liegt in dir.

Das Glück im Außen zu suchen funktioniert nicht. Mache dein Glück nicht von Dingen oder Menschen abhängig. Warte nicht darauf, dass plötzlich ein Wunder geschieht, du eine Gehaltserhöhung bekommst, im Lotto gewinnst oder der Traumpartner vor der Tür steht. Wahres Glück kommt von innen und in erster Linie bist du selbst dafür verantwortlich, dass es dir gut geht.

„Nie glücklich ist, wer ewig dem nachjagt, was er nicht hat und was er hat, vergisst."

- Shakespeare

Nein.

Lerne, auch mal „Nein" zu sagen, wenn dir etwas zu viel ist. Echte Freunde werden das verstehen.

„Es gibt keinen Augenblick im Leben, in dem wir nicht einen neuen Weg einschlagen könnten."
- Charles de Foucauld

Es ist DEIN Leben.

Triff deine eigenen Entscheidungen und mache, was DICH glücklich macht. Steh' dazu! Du wirst glücklicher sein, wenn du lernst, dich selbst zu lieben und zu akzeptieren, egal, ob anderen Menschen das vielleicht nicht gefällt.

„Gib jedem Tag die Chance, der Schönste deines Lebens zu werden."

- Mark Twain

Höre auf dein Herz.

Manchmal habe ich Lust, das Leben mit vielen anderen Menschen zu feiern. Doch dann möchte ich wieder lieber allein sein und die Ruhe genießen. Glück findet man, indem man auf sein Herz hört. Was macht dich glücklich?

„Solange man träumt, kann man nicht alt werden. Was wäre das Herz eines Menschen ohne Träume."
- Lucy Maud Montgomery

Kapitel 1: Glück

„Man hat nur an so viel Freude und Glück Anspruch, als man selbst gewährt."

- Ernst Freiherr von Feuchtersleben

Mach dir keine Sorgen.

Es ist gut, einen Plan zu haben und auf Situationen vorbereitet zu sein. Was jedoch unglücklich machen kann, sind Sorgen über die Zukunft. Niemand von uns weiß, was morgen geschieht, daher ist es unnütz, sich bereits heute den Kopf darüber zu zerbrechen. Viele Dinge sind einfach nicht planbar und müssen spontan angegangen werden.

„Viele Menschen versäumen das kleine Glück, weil sie auf das große vergeblich warten."

- Pearl S. Buck

Man kann es nicht allen recht machen.

Es jedem recht zu machen, funktioniert sowieso nicht. Außerdem bleiben deine eigenen Bedürfnisse dabei meist auf der Strecke. Du bist nicht für das Glück der anderen verantwortlich und du kannst auch nicht alles schaffen und leisten.

„Bringen Hufeisen wirklich Glück? Ich bezweifle es - ich habe schon viele unglückliche Pferde gesehen."
- Pearl S. Buck

Glück ist im Hier und Jetzt.

Man muss keine Listen abarbeiten, um glücklich zu sein. Öffne die Augen für all das Schöne, das schon vorhanden ist. Glück findet man nicht in der Zukunft, sondern im Hier und Jetzt.

„Ich bin überzeugt davon, dass der Sinn des Lebens darin besteht, glücklich zu sein. ... In unserem tiefsten Innern sehnen wir uns schlicht nach Zufriedenheit. Ich weiß nicht, ob das Universum mit seinen unzähligen Galaxien, Sternen und Planeten irgendeinen besonderen Zweck erfüllt, aber zumindest eines ist klar: Wir Menschen, die wir auf dieser Erde leben, sind vor die Aufgabe gestellt, auf glückliche Weise zu leben."

- Dalai Lama
(Quelle: Der Sinn des Lebens)

Nimm dir Zeit, um freundlich zu sein,
es ist das Tor zum Glück.
Nimm dir Zeit, um zu träumen,
es ist der Weg zu den Sternen.
Nimm dir Zeit, um zu lieben,
es ist die wahre Lebensfreude.
Nimm dir Zeit, um froh zu sein,
es ist die Musik der Seele.

\- Sprichwort aus Irland

Sei du selbst.

Jeder von uns hat die Angewohnheit, sich nach außen auf eine bestimmte Weise darzustellen. Wir wollen auf eine bestimmte Weise wahrgenommen werden. Probleme entstehen, wenn wir uns verbiegen und entgegen unserer Wünsche oder Überzeugungen handeln, nur, weil jemand anders das vielleicht von uns erwartet.

„Weißt du, worin der Spaß des Lebens liegt?
Sei lustig! Geht es nicht, so sei vergnügt."
- Johann Wolfgang von Goethe

Ich habe Glück

Ich bleibe ich selbst

Ich bin glücklich

Kapitel 2: Selbstliebe

Liebe dich selbst.

Die wichtigste Liebesbeziehung in deinem Leben ist die zu dir selbst. Selbstliebe hat nichts mit Egoismus zu tun – im Gegenteil: Du kannst nur dann stark für andere sein, wenn du auch für dich selbst gut sorgst. Indem du dich in Selbstliebe übst, bringst du innere Stärke und emotionale Ausgeglichenheit in dein Leben.

„Die Seele ist nicht dort, wo sie lebt,
sondern wo sie liebt."

- Juan de la Cruz

Schenke dir Selbstliebe.

An Menschen, die wir lieben, verschenken wir Blumen, machen Komplimente oder organisieren besondere Momente. Doch was ist mit der Liebe zu uns selbst? Selbstliebe bedeutet, dass du auch dir selbst mit dem Respekt und der Wertschätzung begegnest, die du ganz selbstverständlich deinen Liebsten erweist.

„Schönheit beginnt in dem Moment,
in dem du beschließt, du selbst zu sein."
- Coco Chanel

Selbstliebe ist erlernbar.

Im Unterschied zu unbewusst und spontan auftretenden Gefühlen wie Wut, Ekel oder Angst, ist Selbstliebe ein lebensbegleitendes Grundgefühl. Sie ist eine Einstellung und Haltung, auf die wir Einfluss nehmen und uns durch Übung aneignen können.

„Wer einmal sich selbst gefunden, der kann nichts auf dieser Welt mehr verlieren. Wer einmal den Menschen in sich begriffen hat, der begreift alle Menschen."

- Stefan Zweig

„Sei du selbst. Die Welt verehrt Originale."

- Ingrid Bergman

Beschenke dich selbst.

Mit kleinen Geschenken an dich selbst lädst du deine Akkus auf. Belohne dich selbst nach harten Zeiten mit schönen Dingen, die dir Freude bereiten.
Du hast es dir verdient!

„Man sieht nur mit dem Herzen gut. Das Wesentliche ist für die Augen unsichtbar."
- Antoine de Saint-Exupéry

Du bist genug.

Stehe zu deinen Ecken und Kanten, denn die machen dich aus. Bist du mit dir selbst im Reinen, spüren das auch andere.

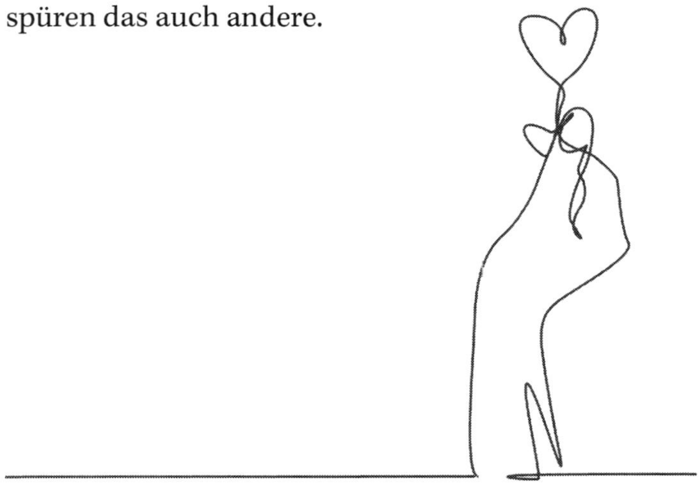

„Wir können uns selbst nicht erkennen, wenn wir uns nicht lieben. Und nur die Liebe lässt uns tiefer in uns eindringen und erkennen, wer wir in Wahrheit sind. Sich selbst zu lieben ist etwas anderes, als um sich selbst zu kreisen."

- Anselm Grün

Du bist einzigartig.

Niemand hat deine Fingerabdrücke.
Niemand hat deine Stimme.
Niemand hat deine Geschichte.
Niemand spürt die gleiche Trauer,
das gleiche Glück wie du.
Niemand ist wie du.
Niemand in deinem Land,
auf deinem Kontinent,
auf diesem Planeten,
in der Galaxie.
Niemand, weil du einmalig bist.

„Vergiss die Idee, Jemand zu werden – du bist schon ein Meisterstück. Du kannst nicht verbessert werden. Du musst es nur erkennen, realisieren."

- Osho

Sprich zu dir selbst mit Liebe.

Lass dir von niemandem sagen, dass du es nicht verdient hättest, glücklich zu sein. Vor allem nicht von dir selbst. Sprich gut mit dir. Sprich mit dir selbst, wie mit einer Person, die du über alles liebst. Das hast du verdient.

„Die Liebe ist eine unheilbare Krankheit. Aber wer von ihr befallen ist, verlangt nicht nach Genesung, und wer daran leidet, wünscht nicht zu gesunden."
- Ibn Hazmal-Andaluzi

Behandle dich selbst wie deinen besten Freund.

Wenn deine Freundin einen Fehler gemacht hat, zeigst du Verständnis und machst sie deswegen nicht fertig.

Wenn deine Freundin einen schlechten Tag hat, tröstest du sie und verlangst nicht von ihr, sich zusammen zu reißen.

Wenn deine Freundin unzufrieden mit sich ist, versuchst du, ihr ihre Stärken vor Augen zu führen.

Stärke deine Selbstliebe, indem du dir sagst, was du an dir magst.

„Wollen wir in Frieden leben, muss der Friede aus uns selbst kommen."

- Jean-Jacques Rousseau

Sag ja zu dir.

Sich selbst mit allen Stärken und Schwächen zu akzeptieren und zu lieben gibt jede Menge Kraft und wirkt unglaublich befreiend.

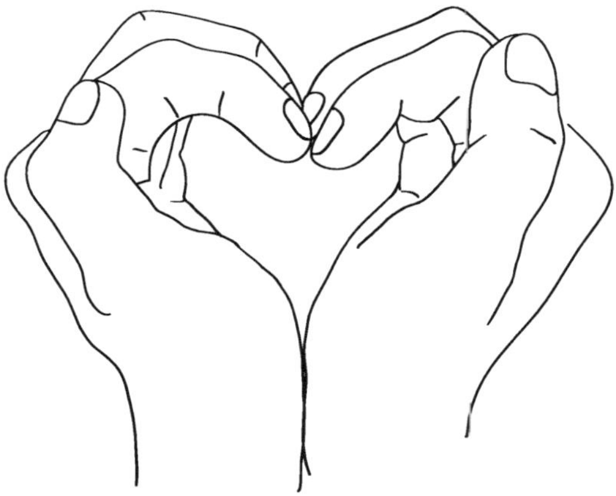

„Zwei Dinge verleihen der Seele am meisten Kraft: Vertrauen auf die Wahrheit und Vertrauen auf sich selbst."

- Seneca

Visualisiere.

Führe dir vor Augen,
was du erreichen willst und was für dich zählt.
Sind die Ziele der anderen auch wirklich die Dinge,
die du dir für dein Leben wünschst?

„Wir sind, was wir denken. Alles, was wir sind, entsteht aus unseren Gedanken. Mit unseren Gedanken formen wir die Welt."

- Buddha

Nichts und niemand ist perfekt.

Mensch sein heißt Ecken und Kanten zu haben. Dafür erntet man neben Lob und Anerkennung auch hin und wieder Kritik. Nutze diese konstruktiv und bleibe gelassen.

„Sei eine erstklassige Ausgabe deiner selbst, keine zweitklassige von jemand anderem."

- Judy Garland

„Wer sich selbst treu bleiben will, kann nicht immer anderen treu bleiben."

- Christian Morgenstern

Über der Pforte der antiken Welt stand geschrieben: "Erkenne dich selbst".
Über der Pforte unserer neuen Welt sollte geschrieben stehen: "Sei du selbst".

- Oscar Wilde

Nimm dich an.

Sei du die, die du bist.
Sei du der, der du bist.
Erst dann und nur dann
fängst du an zu werden,
was du sein möchtest.

„Sei du selbst! Alle anderen sind bereits vergeben."
- Oscar Wilde

Veränderung.

Weil du unterwegs bist,
gehört auch deine Veränderung zu dir.
Auch sie ist einmalig.
Du bist auch, was du wirst.

„Wohin du auch gehst, geh mit deinem ganzen Herzen."

- Konfuzius

Verstecke dich nicht.

Jeder von uns birgt viele liebenswerte Eigenschaften in sich, die es wert sind, auch nach außen getragen zu werden.

„Das Große ist nicht, dies oder das zu sein, sondern man selbst zu sein."

- Soren Kierkegaard

„Leicht zu leben ohne Leichtsinn,
heiter zu sein ohne Ausgelassenheit,
Mut zu haben ohne Übermut -
- das ist die Kunst des Lebens."

\- Theodor Fontane

Sei dir treu.

Oder willst du lieber so tun,
als wärst du der Freund aller,
und dabei die Freundschaft
mit dir selbst verlieren?

„Ich bin, wie ich bin... Die einen kennen mich, die anderen können mich..."

- Konrad Adenauer

Ich liebe mich selbst

Ich bin liebenswert

Ich bin gut genug

Kapitel 3: Dankbarkeit

Man braucht nicht viel, um dankbar zu sein.

Es gibt Menschen, die sehr wenig haben und trotzdem dankbar sind. Menschen, die sich nicht beklagen, sondern immer das Gute und Schöne sehen. Es gibt so vieles, wofür man dankbar sein kann. **Wofür bist du dankbar?** Oft schreibe ich abends ein paar Dinge auf, für die ich dankbar bin. So mache ich mir bewusst, was dieser Tag an Guten gebracht hat. Nimm dir Zeit, dankbar zu sein.

„Du verlierst nichts, wenn du mit deiner Kerze die eines anderen anzündest."

- Sprichwort aus Dänemark

Dankbarkeit ist ansteckend.

Dir ist sicher schon aufgefallen, dass es sich auf andere Menschen überträgt, wenn du gute Laune hast. Genauso verhält es sich auch mit der Dankbarkeit. Wenn du deiner Dankbarkeit Ausdruck verleihst, erweckst du sie auch in anderen.

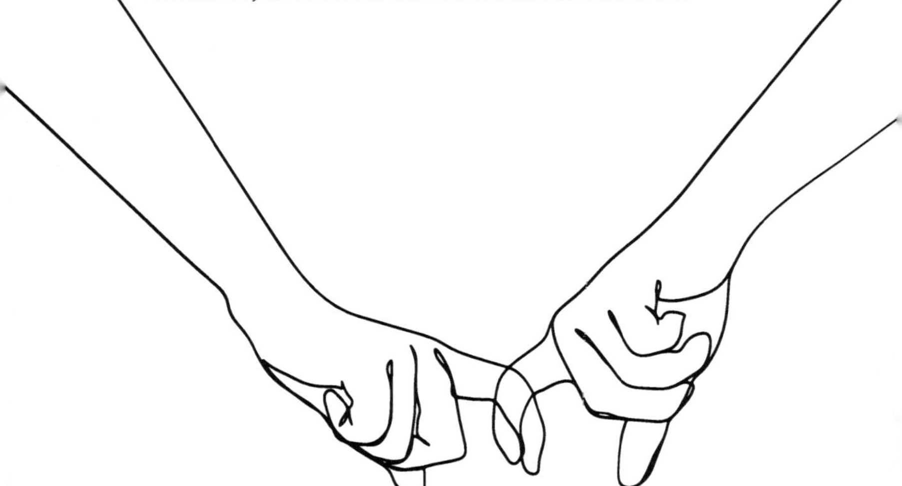

„Dankbarkeit ist die schönste Blüte, die der Seele entspringt."

- Henry Ward Beecher

Lass los.

Sorge dich nicht über Dinge, auf die du keinen Einfluss hast und nicht verändern kannst.
Sei dankbar für das, was ist. Das macht frei und glücklich.

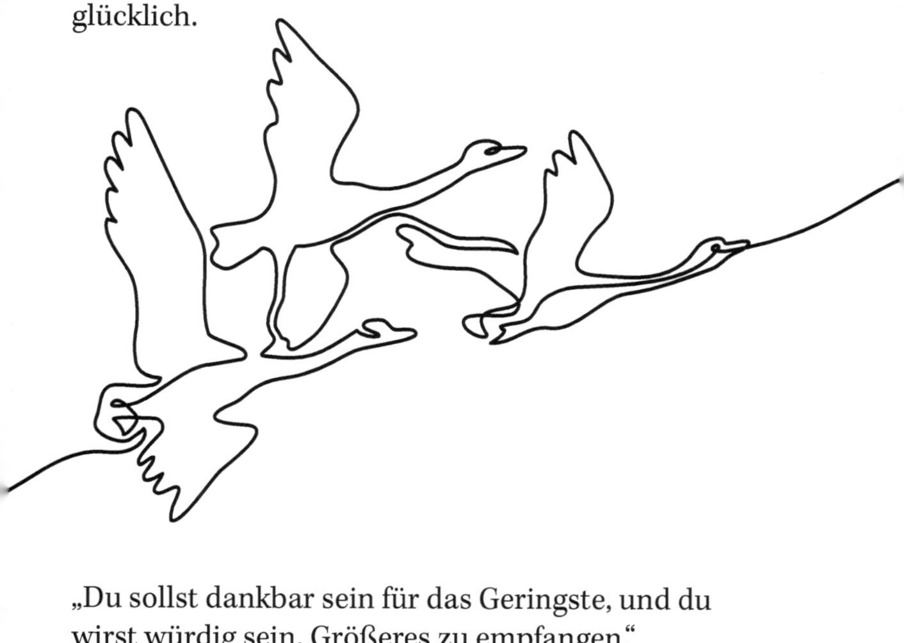

„Du sollst dankbar sein für das Geringste, und du wirst würdig sein, Größeres zu empfangen."
- Thomas von Kempen

Sag anderen, dass du ihnen dankbar bist.

Als ich noch jung war habe ich meine Dankbarkeit kaum ausgedrückt, weil ich dachte, die anderen wüssten schon von allein, dass ich ihnen dankbar bin. Heute weiß ich, wie wertvoll es ist, es zu sagen und wie glücklich man jemanden damit machen kann. Wie oft vermittelst du anderen Menschen, dass du ihnen dankbar bist?

„Viele Missverständnisse entstehen dadurch, dass ein Dank nicht ausgesprochen, sondern nur empfunden wird."

- Ernst R. Hauschka

Man kann auch dankbar sein für das, was nicht mehr da ist.

Ich bin traurig, dass meine Oma von uns gegangen ist, aber auch unglaublich dankbar, weil sie eine so wunderbare Frau war und mir so vieles beigebracht hat. Bist du auch manchmal dankbar für etwas, das nicht mehr da ist?

„Ich habe vieles über das Leben gelernt, aber das Wertvollste war: Es geht weiter."

- Brigitte Bardot

Du hast genug.

Dankbarkeit ist das Gefühl, dass das Leben gut ist, so wie es ist. Erfreue dich an dem, was du im Leben Gutes hast, anstatt damit zu hadern, was dir fehlt.

„Ich weinte, weil ich keine Schuhe hatte, bis ich einen traf, der keine Füße hatte."

- Helen Keller

Dankbarkeit kann man lernen.

Dankbarkeit ist eine Gewohnheit,
die man sich beibringen kann,
indem man sich ihrer bewusst wird.

„Da wird es hell in unserem Leben, wo man für das Kleinste danken lernt."

- Friedrich von Bodelschwingh

Dankbarkeit macht glücklich.

Wir denken immer: Wenn alles so läuft, wie wir es uns wünschen, werden wir glücklich sein und die Dankbarkeit würde sich von selbst einstellen. Aber es ist genau andersherum: Dankbarkeit für alles, was man ist und hat, macht glücklich.

„Er, der unzufrieden ist an einem Ort, wird selten glücklicher an einem anderen Ort."

- Aesop

„Vergiss nicht - man benötigt nur wenig, um ein glückliches Leben zu führen.“

- Marc Aurel

Dankbarkeit gibt Kraft.

Angenehme Gefühle wie Liebe, Dankbarkeit und Freude haben einen positiven Einfluss auf die Gesundheit und können auch in schwierigen Zeiten unglaublich viel Kraft spenden.

„Wer Frieden in der Seele hat, beunruhigt weder sich selbst noch einen anderen."

- Epikur

Dankbarkeit ist ein Lebensgefühl.

Dankbar sein heißt, sich an dem zu erfreuen, was man hat, und sich auf das zu freuen, was noch kommen wird.

„Neue Welten zu entdecken wird dir nicht nur Glück und Erkenntnis, sondern auch Angst und Kummer bringen. Wie willst du das Glück wertschätzen, wenn du nicht weißt, was Kummer ist? Wie willst du Erkenntnis gewinnen, wenn du dich deinen Ängsten nicht stellst? Letztlich liegt die große Herausforderung des Lebens darin, die Grenzen in dir selbst zu überwinden und so weit zu gehen, wie du dir niemals hättest träumen lassen."

- Sergio Bambare

„Sei du selbst die Veränderung,

die du dir wünschst für diese Welt."

\- Mahatma Gandhi

Tief durchatmen und positiv denken.

Dass nicht immer alles gut verlaufen kann, ist ganz normal. Das Beste, was man mit grauen Tagen machen kann, ist, ihnen etwas Gutes abzugewinnen. Hinter jedem Problem kann auch eine neue Gelegenheit stecken.

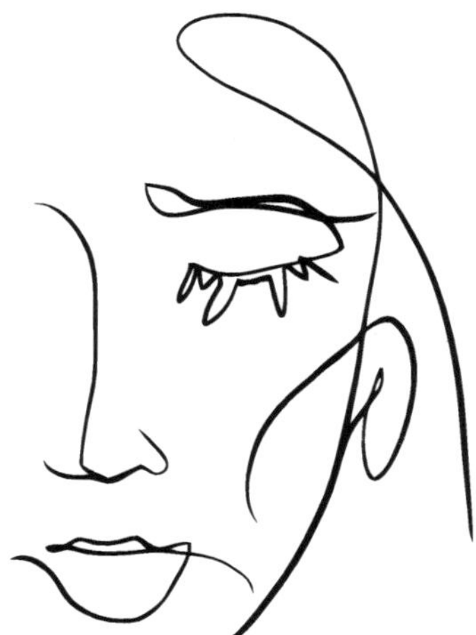

„Nicht, was wir erleben, sondern wie wir empfinden, was wir erleben, macht unser Schicksal aus."
- Marie von Ebner-Eschenbach

Schätze das, was du hast, anstatt zu bedauern, was dir fehlt.

Ein offenes und dankbares Herz zieht das Glück an wie ein Magnet.

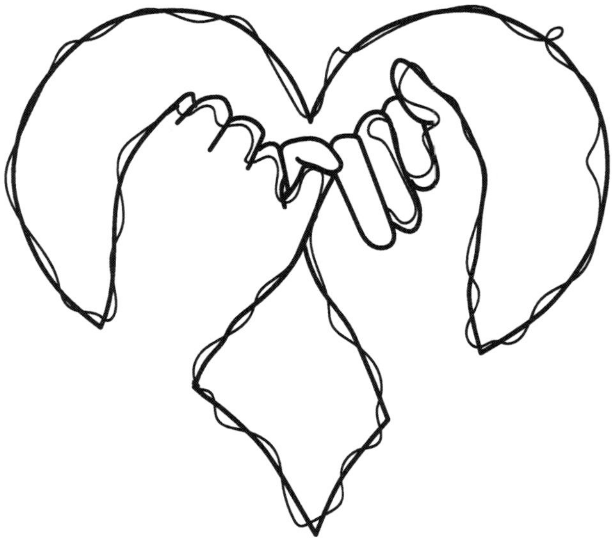

„Der hat am meisten, wer am meisten zufrieden mit dem wenigsten ist."

- Diogenes

Ich bin dankbar
für mein Leben

Ich bin voller
Dankbarkeit
und Liebe

Ich bin dankbar
für alles,
was ich habe

Kapitel 4: Achtsamkeit

Nimm dir Zeit.

Achtsamkeit ist die bewusste Wahrnehmung des aktuellen Momentes: Gedanken, Emotionen, Sinneseindrücke, körperliche Vorgänge und alles, was um dich herum geschieht und in deine Wahrnehmung fällt. Beim achtsamen Erleben findet keine Wertung statt. Man nimmt nur wahr, ohne zu kategorisieren, einzuordnen oder nach gut und schlecht zu bewerten.

„Nur die Ruhe ist die Quelle jeder großen Kraft."
- Fjodor M. Dostojewski

Jeder kann achtsam sein und Achtsamkeit im Alltag einbauen.

Achtsamkeit klingt nach „Ommm" und steifem Sitzen. Aber „achtsam sein" bedeutet vieles mehr. Wenn Du mehr Achtsamkeit in Deinen Alltag bringen und bewusster leben willst, solltest Du Dich von jeglichen Vorgaben lösen.

„Du kannst die Wellen nicht stoppen, aber du kannst lernen zu surfen."

- Jon Kabat Zinn

Nimm dir Zeit für dich.

Die Jahre vergehen wie im Flug, aber oft leben wir so, als hätten wir alle Zeit der Welt. Halte jetzt inne und sieh dich um. Bist du dir der Zeit bewusst, die du hast? Und wie du sie nutzt?

„Man sollte nie so viel zu tun haben, dass man zum Nachdenken keine Zeit mehr hat."
- Georg Christoph Lichtenberg

„Blicke in dein Inneres! Da drinnen ist eine Quelle des Guten, die nimmer aufhört zu sprudeln, wenn du nur nicht aufhörst nachzugraben."

- Mark Aurel

Ganz im Hier und Jetzt aufgehen.

Nimm dir die Zeit, das Leben zu genießen.
Habe Spaß mit deiner Familie, deinen Freunden und Menschen, die dir wichtig sind. Schnappe frische Luft im Garten, im Park oder am See. Unternimm einen Spaziergang oder geh in die Sauna.

„Achtsamkeit heißt: die Augen aufmachen und den anderen so anschauen, als ob man ihn noch nie gesehen hat. Es bedeutet: jemanden nicht nur mit äußeren Augen anzuschauen, sondern mit den Augen des Herzens."

- Anselm Grün

Erkenne deine Routinen.

Duschen, Zähneputzen, den Morgenkaffee genießen und Frühstücken. Nimm dir eine deiner Alltagsgewohnheiten vor und zelebriere sie ganz bewusst und langsam. Wie fühlst du dich währenddessen? Tut sie dir gut oder gehst du ihr eigentlich nur nach, weil du es so gewohnt bist?

„Den Puls des eigenen Herzens fühlen. Ruhe im Innern, Ruhe im Äußern. Wieder Atemholen lernen. Das ist es."

- Christian Morgenstern

Atme bewusst.

Bewusstes und tiefes Ein- und Ausatmen macht dich sofort ruhiger und hilft dir in Stresssituationen, dich wieder auf das Wesentliche zu konzentrieren.

Versuche diese Atemübung.

Setze oder lege dich bequem hin und schließe deine Augen. Atme ein und zähle gedanklich bis 4. Halte den Atem an, während du bis 3 zählst. Danach atmest du aus, während du wieder bis 4 zählst. Wiederhole die Übung 10 mal. Wie fühlst du dich jetzt?

„Eine halbe Stunde Meditation ist absolut notwendig, außer, wenn man sehr beschäftigt ist, dann braucht man eine ganze Stunde."

- Franz von Sales

Kein Multitasking.

Erlaube dir selbst, einen Schritt nach dem anderen anzugehen, anstatt so viel wie möglich auf einmal zu schaffen. Achtsamkeit bedeutet, sich bewusst und mit voller Aufmerksamkeit auf etwas zu konzentrieren.

„Es gibt Wichtigeres im Leben, als beständig dessen Geschwindigkeit zu erhöhen."

- Mahatma Gandhi

„Die Zeit vergeht nicht schneller als früher, aber wir laufen eiliger an ihr vorbei."

- George Orwell

„Es ist nicht von Bedeutung, wie langsam du gehst, solange du nicht stehenbleibst."

- Konfuzius

Praktiziere eine Morgenroutine.

Nimm dir bewusst Zeit für dich selbst. Morgens funktioniert das für viele von uns besonders gut. Lesen, Beten, Meditieren oder Sport.
Überlege, was dir gut tut und finde deine eigene Morgenroutine.

„Meditation macht aus uns niemand anderen, sondern den, der wir immer gewesen sind."
- Carl Friedrich von Weizsäcker

Beginne, ein Tagebuch zu führen.

Schreib einfach, was dir in den Sinn kommt. Egal, was es ist. Egal, wie viel es ist. Aus dem Kopf heißt aus dem Sinn. Du löst dich damit von Problemen und öffnest dich gleichzeitig für neue Ideen.

„Das Glück deines Lebens hängt von der Beschaffenheit deiner Gedanken ab. „

- Marc Aurel

„Achte auf deine Gedanken. Sie sind der Anfang deiner Taten."

- Buddha

„Gönne dir einen Augenblick Ruhe und du begreifst, wie närrisch du herumgehastet bist. Lerne zu schweigen und du merkst, dass du zu viel geredet hast. Sei gütig und du siehst ein, dass dein Urteil über andere allzu hart war.“

- Tschen Tschin

Fokussiere dich.

Achtsamkeit bedeutet, sich bewusst auf sich selbst oder eine bestimmte Sache zu fokussieren und nicht mehrere Dinge gleichzeitig im Kopf zu haben. Achtsamkeit bringt Ruhe in den Alltag und hilft dabei, besser mit Ängsten und Stress umzugehen.

„Wer niemals außer sich geriet, wird niemals in sich gehen."

- Paul Heyse

Glück steckt überall.

Sei achtsam und achte auf die kleinen
Glücksmomente des Lebens.
Die kleinsten Augenblicke werden oft zu deinen
schönsten Erinnerungen.

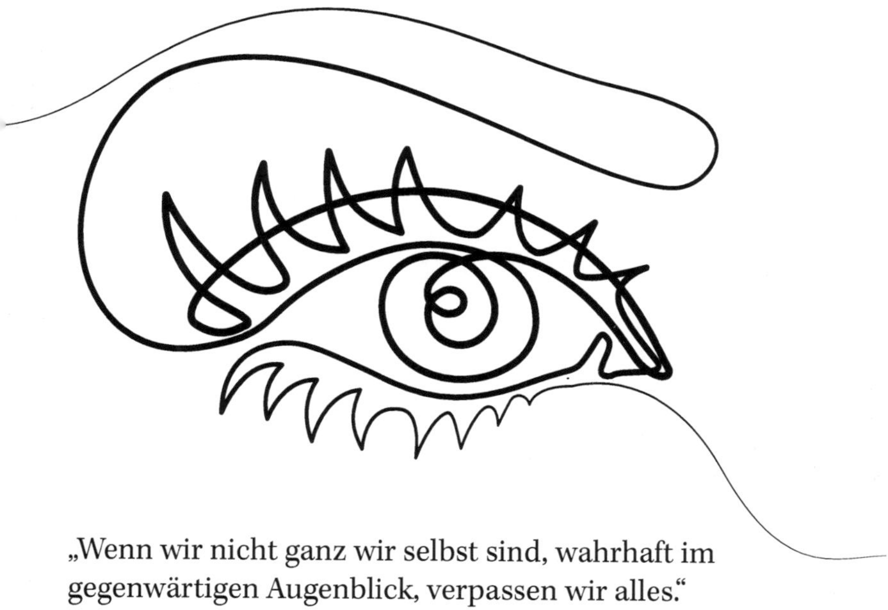

„Wenn wir nicht ganz wir selbst sind, wahrhaft im gegenwärtigen Augenblick, verpassen wir alles."
- Thich Nhat Hanh

Entscheide dich für ein achtsames Leben.

Für ein achtsames Leben musst du nichts Besonderes können, brauchst keine drei Stunden extra am Tag und du kannst sofort loslegen. Das einzige was es braucht ist eine bewusste Entscheidung für mehr Achtsamkeit im Alltag.

„Das höchste Gut ist die Harmonie der Seele mit sich selbst."

- Seneca

„Die Menschen werden vergessen,
was du gesagt hast.
Die Menschen werden vergessen,
was du getan hast.
Aber die Menschen werden nie vergessen,
wie sie sich in deiner Gegenwart
gefühlt haben."

\- Maya Angelou

Achtsam Spazierengehen.

Ein Spaziergang in der frischen Luft ist ideal, wenn du dich von negativen Gedanken befreien möchtest. Sei beim Spazieren achtsam und nimm deine Eindrücke wahr. Was siehst du? Riechst du etwas Bestimmtes? Achte auf deine Schritte.

„Wenn der Mensch zur Ruhe gekommen ist, dann wirkt er."

- Francesco Petrarca

„Nimm dir Zeit. Ein Acker, der ausruhen konnte, liefert prächtige Ernte."

- Ovid

Ich bin erfüllt von
Ruhe und Frieden

Ich lebe bewusst
im Hier und Jetzt

Ich sehe in jedem
Moment das
Wunderbare

Schlusswort.

Ich hoffe, dass der eine oder andere Gedanke dein Herz erreicht hat und dich auf deinem Lebensweg begleiten wird. Was auch immer passiert… Vergiss niemals, dass du einzigartig, liebenswert und wichtig für diese Welt bist. Und zwar genauso wie du bist.

Möge dieses Buch etwas mehr Leichtigkeit in dein Leben bringen. Wir sollten aufhören, uns ständig über Dinge und Menschen zu beschweren. Denn wenn wir uns tagtäglich beschweren, wie soll dann dein Leben leichter werden? Alles, was uns im Leben widerfährt, ist eine Chance stärker zu werden. Das Leben wird vorwärts gelebt und rückwärts verstanden.

Impressum.

Für Fragen, Feedback und Anregungen:

info@pisionary.com

Weil du es wert bist!

Sarah Lange

ISBN: 978-3-9823695-1-8

1. Auflage 2021

Weil du es wert bist!

pisionary Verlag

pisionary Verlag,
ein Imprint der Pisionary Publishing Ltd

Autorin wird vertreten durch:
Pisionary Publishing Ltd
Rose Gardens Block B Apt 218, Andrea Omirou 17,
Paphos, 8047 Cyprus
Jahr der Veröffentlichung: 2021
Verantwortlich für den Druck: Amazon

Printed in Poland
by Amazon Fulfillment
Poland Sp. z o.o., Wrocław

84067607R00060